空镜子

王立 著

文化发展出版社
·北京·

图书在版编目（CIP）数据

空镜子 / 王立著 .—北京：文化发展出版社，2023.4
ISBN 978-7-5142-3932-4

Ⅰ . ①空… Ⅱ . ①王… Ⅲ . ①诗集—中国—当代Ⅳ . ① I227

中国版本图书馆 CIP 数据核字 (2022) 第 233839 号

空镜子

王 立 著

出 版 人：宋 娜	
责任编辑：孙 烨	责任校对：岳智勇 马 瑶
责任印制：邓辉明	封面设计：王 正

出版发行：文化发展出版社（北京市翠微路 2 号 邮编：100036）
发行电话：010-88275993 　 010-88275711
网　　址：www.wenhuafazhan.com
经　　销：全国新华书店
印　　刷：唐山楠萍印务有限公司

开　　本：889 mm×1194 mm 1/32	字　数：62 千字

印　　张：5.25
版　　次：2023 年 6 月第 1 版
印　　次：2023 年 6 月第 1 次印刷

定　　价：59.80 元
Ｉ Ｓ Ｂ Ｎ：978-7-5142-3932-4

◆ 如有印装质量问题，请与我社印制部联系　电话：010-88275720

他奔腾在诗歌的天空中
——读野马诗集《空镜子》

○ 老秋

  风吹起时光的涟漪，昨日的记忆犹在眼前。我和诗人野马兄相识相交多年，有几年光阴，我们交往密切，常常聚在一起探讨诗歌，近些年各自生活发生了诸多变化，难得见上一面，但彼此之间诗心相通，在新浪博客、微信朋友圈经常拜读他的新作，诗歌让我们有了相遇的温暖之感。

  野马兄爱诗多年，堪称"诗痴"。在诗城马鞍山，我认为野马兄是一位非常有创作实力的诗人，他蕴含在诗歌中的气质，宛若一幅幅皖南山水画，将浓烈的情感、丰富的哲思融会贯通、上下翻飞，构成了风流旖旎的诗境。

  野马兄用诗歌《空镜子》作为诗集的书名，足以体现了他的勇敢。恰恰是这首诗，让我为野马兄诗风的转变，甚为感佩和欣喜。镜子是世人常常可见的器物，而"空镜子"作为一种意象，透视出诗人在平凡庸常的生活里诗意地栖居。"多么无奈啊！我用一面镜子卧薪尝胆"，"空镜子"从意象到具象，诗人就是这样，把人世间的忧伤看透，把经受过的苦难和过往的命运都还原成生活本真的态度和情怀。野马兄正如他的诗名，怀揣梦想的果实，内心藏着星辰，在诗歌的天空中自由驰骋，在白云之上追风逐电。

诗人是真诚的。四季轮回，韶华易逝，一片叶子仰望天空，又一片叶子拥抱大地，仿佛都离不开诗歌的抚慰。野马兄为人低调、诚恳，他的诗歌不矫揉做作，不虚伪假意，始终保持着一种纯粹的干净的姿态。他一边疏离，一边扑闪机智和灵慧之光，维护着内心的法则。譬如："剪一节春风下酒 / 天地是盛宴 / 那些清晨的鸣禽都是宾朋"（《度春风》）；"八百里春天 宛如一件绿色的大氅 / 抖开了烟雨江南"（《八百里春天》）；"从今天起 我要掏空内心的苍凉 / 做一个身轻如燕的人"（《忏悔》）等，诗歌浓而不烈，诗人展现自我，在古典与现代的诗行中，守着小小的田园，既有大格局，也有小情调，让读者在真实与虚幻中穿行，感受着生命存在的意义和思考。诗歌不仅仅是对生活简单的素描，而是要以诗人敏锐的感知力去捕捉生活背后的主旨和情趣。读野马兄的诗，如同走进一部小戏，身临其境，或感动，或唏嘘，或回味。我们分明看到，一个诗者以梦为马，抹去心灵深处的忧伤，身上所焕发的蓬勃气息，充盈在天地之间。

诗人是向善的。古往今来，抒写父亲母亲的亲情诗数不胜数，但细读下来，精品诗不是很多。野马兄的诗集，专门辟有专辑"苍穹之下"，有一些诗歌献给已经逝去的父亲母亲，通过对父母的怀念，对亲人的眷恋，对亲情细致入微的描画，从而使得此辑作品有抵达人心的力量。啼血之作，锥心之痛，力透纸背。譬如："妈妈呀，只有失眠才能让我清澈 / 所有的失眠都是用来怀念的"（《所有的失眠都是用来怀念的》）；"荒野的石头 父亲母亲的灵石 / 儿子睁着绝望的眼睛 / 今晚 你们可来伴我入眠"(《用荒野的石头陪伴我入眠》);"更深的夜晚,痛失至亲的人/在异乡,用颤动的肩膀把背影留给了故乡"(《立冬词》)等,诗人把时光的卷轴缓缓打开时,鸟雀、蛙鸣、花草,让童年的村庄清晰如昨,让远去的故乡近在咫尺,还有勤劳的父亲和善良的母亲,在劳作之间期盼着儿子的成长。野马兄一声声对父母的呼唤,在疼痛中撕裂、挣扎和无言的诉说,不觉令人怆然而涕下。

诗人是透明的。对于生活,每个人都有自己的经历和体验,而我们恰恰在舍与得之间徘徊、游移。诗人一颗"初心"率性表达,用冷峻的抒写,回眸岁月,对于过往,报之以微笑,给予读者一份独特而又宁静的想象。野马兄的诗歌大多标注着创作日期,应该说,早期的诗歌还沉湎于个人的情绪之中,随着时间的推移,人到中年之后,野马兄的诗歌视角楔入到更为广阔的人生体验,较好地达到了"小我"与"大我"的结合。譬如:"这么多年,在我心灵的旷野上/一直蛰伏着一头雪豹/有时沉默,平静/有时焦躁,嘶吼"(《旷野上的雪豹》),这里的"雪豹"既是幻象,也是精神的象征,它预示着诗人不甘心屈服于世俗的安排,从现实困境中突围而出的呐喊。"一碗江湖,仗剑天涯/清风做伴,故乡绵长/我的青春依山傍水,一滴水中盛锋芒"(《我的青春依山傍水》),诗中有酒,酒在诗中,我们可以听到诗人的吟唱,化作天空下闪光的跳动音符。"草木褪去奢华,河水回归平静/当我们回到谦卑的原乡,转身就是水木清华"(《在慈湖河观鸟》),诗人的表述对象更多地指向人类和自然的原本生态,诗意与情景交融,呈现出在万物纷繁背景下的精神向度。而这类诗歌,无疑是我愿意多读的,且愿意和诗人一道歌咏、一道流连……

诗集《空镜子》中收录了诗人所创作的有关风土人情和风光景色之类的诗歌，也写得玲珑剔透，诗意盎然，别有情趣。譬如："小岭之夜，青檀木香气阵阵／宛如大海的波涛"（《夜宿小岭》）；"登顶之间，清风迎面／我看见，一根青草来到人间"（《宣纸上的山水画卷》）；"洋船屋，宛如一枚爱的名片成为八百里泾川最靓的风景／群山之下，哲学之巅／谁能读懂一介草民胸藏八万里的波涛"（《凤子河的春天》）；等等。野马兄诗中呈现的世界日渐多姿斑斓、气象万千，弥漫着大地的呼吸和气息，诗人已自觉完成了现实之境与幻想之境的切入和融合，从而彰显了诗人坚持多年诗歌创作的风骨，极大提升了整卷诗集高贵、遒劲、真挚的品质。

朱光潜先生说，"艺术并不是远离人生的无意义的形象，它是对人生的自由的观照，并且启示着人心的深广的理解和同情"。我愿在此引用这段话，并与野马兄共勉。诗歌是永恒的，诗歌创作永远在路上。这些年，野马兄一直在诗歌的天空下自由奔腾，《空镜子》是他一次诗歌历程的巡礼和检阅。于野马兄而言，他遵从着内心的操守，不受外界的影响和变化，不为物质诱惑，不为功利缠绕，坚持自己的理想人文主义和精神追求。无疑，这是优秀诗人的可贵品质。

野马兄并不孤单，诗歌是我们忠实的伙伴，不离不弃。听，那苍穹深处响起的一团团雷霆，正是诗人野马兄热爱故土和对生命壮美的呼唤，声声不息，久久回荡！

2022年1月20日上午于马鞍山

（老秋：原名李钢，诗人，中国作家协会会员）

目 录

心灵乐章

远走天涯	2
南唐悲歌	3
一米阳光	4
想象的大海	5
油菜花高过我的眼睑	6
键盘上的东篱	7
战士决战岂止在战场	8
呼啸的石头	9
友　谊	10
辽　阔	11
一棵树就是一朵云	12
时光的瀑布	13
八百里春天	14
杂花生树	15
桃之夭夭	16
我在一首诗中　翻云覆雨	17

李白的月	18
一个人的舞蹈	19
我的字典里没有山河破碎	20
雷霆过后　我会豢养八百春天	21
一个人的荷塘	22
一场雪来到春天	23
颠　覆	24
一个人的稻粱谋	25
一只蚂蚁搬来了琼楼玉宇	26
理想主义的花朵	27
空镜子	28
离开微信的日子	29
傍晚，一只白鸟飞过慈湖河	30
我的可可托海	31
我的青春依山傍水	32
纸上青山	33
纸的畅想	34
月光下的豹子	35
如果能转身，我要去削漂	36
霜　降	37
旷野上的雪豹	38
忧　伤	39
在异乡	40
深　渊	41

枯荷之境	42
在慈湖河观鸟	43
一棵树	44
为什么不	45
尘嚣过后	46
路过人间的狐	47
活　着	48
缥缈记	49
眼泪和墨镜	50
日子，就在这一天天的重复中悄然而逝	51
提灯的人	52
从景阳冈跑来的虎	53
用一首诗的时间取悦你	54
忏　悔	55

── 情爱画廊 ──

生如夏花	57
初　雪	58
踏春归来马蹄香	60
蓝月亮	61
阴　谋	63
和一朵雪花说爱情	65
你路过春天，我路过你	66

小美妇	67
度春风	68
油　画	69
幸福就像木栅栏	70
和一只蝴蝶亲密接触	71
意　外	72
别了，嘉陵江	73
春光辞	75
穿旗袍的女人	77
遇见一朵云	78
银色小楼	79
飞	80
窗　子	81
游牧时光	82

—— 苍穹之下 ——

清晨　我邂逅一朵南瓜花	84
拐　杖	85
焐被窝	86
油菜花	87
生　日	88
戏　言	89
菜　地	90

一盏煤油灯	91
露天电影院	92
在父亲的墓地	93
父亲的骨头	94
在父亲最后的日子里	95
因为一个人，爱上一座小城	96
纸上亲人	97
清明路上	98
身背花朵的人	99
桃花江湖	100
十里春风不如你	101
仅仅有爱是不够的	102
远方之远	103
群峰之上	104
用荒野的石头陪伴我入眠	105
在父母坟前，我的灵魂无法遮掩	106
致我的2016	107
所有的失眠都是用来怀念的	108
写给天堂的母亲	109
时光电话	110
立冬词	111
屋顶上的海	112
尘埃之侧	113
空椅子	114

翘起的屋檐　　　　　　　　116
报　　纸　　　　　　　　　117
流　　逝　　　　　　　　　118

── 雪泥鸿爪 ──

趵突泉　　　　　　　　　　120
给自驾进藏的朋友　　　　　121
红海滩　　　　　　　　　　122
洋船屋　　　　　　　　　　123
镇江吟　　　　　　　　　　124
金山寺　　　　　　　　　　125
西津渡　　　　　　　　　　126
焦山赋　　　　　　　　　　127
想象北固山　　　　　　　　128
在那桃花盛开的地方　　　　129
从一棵猫耳刺开始　　　　　130
天门山赋　　　　　　　　　131
三月　一场桃花雨的狂欢　　132
在昆明大观楼读孙髯翁　　　133
隧　　道　　　　　　　　　134
大理故事　　　　　　　　　135
丽江古城　　　　　　　　　136
玉龙雪山　　　　　　　　　137

茶马古道	138
雨中横山	139
老　街	140
高淳，高淳	141
凤子河的春天	142
石井坑	143
在拈花湾	144
宣纸上的山水画卷	145
夜宿小岭	146
细读"虫二"	147
在桃花潭谒汪伦墓	148
月亮湾	149
青　梅	150
后　记	151

心灵乐章

空镜子

远走天涯

在所有的情绪打理停当以后
我决意离开童年生长的土地
穿越质朴端庄的乡村风景
许多生动活泼的情节不再提起

拥有一棵蒲公英的心情
父亲和母亲的孩子　命中注定要远走天涯
远走天涯　诚实的双手举过头顶
我们的父亲　我们的父亲的父亲
就是这样离开家园　美丽的心情落地生根

结庐而居的日子
很多心事不愿老去

1991 年 5 月 20 日

南唐悲歌

这一刻　李后主无朝可上
一阕宋词在心中酝酿而成
"问君能有几多愁？恰似一江春水向东流。"
感动上下数千年词风
好一个南唐后主
好一个绝色词人
错则错　错投帝王皇室家
错则错　错坐十余载龙庭
亡国之痛凄凄惨惨戚戚
余后人无限感慨
斥无能帝王
惜天才词家

雁声阵阵　不仅是南风的窗
黯淡的心情走不出宋词的阴影……

1996年5月12日

一米阳光

黄昏降临　黑夜蠢蠢跃动
谁让自己的心情　也暗了下来
该来的　都来了
不该来的　也来了

停电的时候　生活是一节死扣
纠结于此　心底的黑暗无法突围
这时一支蜡烛　就可以点燃希望
日子　就活了

一米阳光是另一种情怀

2011 年 8 月 7 日

想象的大海

一种情绪弥漫　我把眼睛轻轻合上
做一次深呼吸　吐出一口浊气
这时　我的面前出现了一望无际的大海
在蔚蓝的海面上　海鸥自由地翱翔、鸣叫
鸥——　　鸥——　　鸥——　　鸥——
海豚不时跃出海面　翩翩舞蹈
似乎在向我敬礼　也好像在欢迎我
海浪卷起千堆雪　扑倒在岸边　海滩醉了
海熊也踟蹰着　踢踢踏踏　在岸边嬉戏

在海风的吹拂下　高耸的椰子树
似迎风飘舞的旗子　一浪高过一浪
古典美女般的芭蕉　弹着美轮美奂的琵琶
曼妙的琴音沁入心怀　余音绕梁
黄金海岸，星星点点的帐篷下
帅男　靓女演绎了怎样的风情
多想和你去看海　只需把眼睛轻轻合上

2011 年 8 月 10 日

油菜花高过我的眼睑

四月的金黄　一条金黄色的狗
咆哮在乡间的田野
打狗奔驰　瞬间抵达意境中的村庄
炊烟袅袅　多像一群缓缓爬升的飞鸟
一转眼　竟不见了

油菜花高过我的眼睑
挂在庄稼汉心头的是一盏明灯
时刻照亮　虔诚的希望
语言禁不起推敲　不能承受之痛
一阵一阵的金黄如翻卷的巨浪
一路奔跑在庄稼人的天堂

2011年8月16日

键盘上的东篱

种菊南山　不是奢望
采菊东篱　不是幻想
在小小的键盘上　我也可以种植心爱的菊
小小的菊　是心空的种子
在暧昧的键盘上　肆无忌惮地生长
它的清新来自爱的滋润
它的芳菲来自我的虔诚
沙沙敲动的手指　多像荷锄的陶翁
让意境插上飞翔的翅膀

采菊东篱　你也可以
在灵动的键盘上　舞动梦的精彩

2011 年 8 月 28 日

战士决战岂止在战场

不要靠近　我的中年生活
在生活的悬崖上　你的到来
随时会掀起一场飓风
无法预料　在一块薄冰上
我能舞蹈怎样的花朵
有时我只能选择粗枝大叶
如果想象太精致　生活不会原谅我

我必须把自己武装到战士
一些词可以逃亡　一些因果无法拒绝
我把身体想象成武器
我用一滴血制造瞄准
我用一根骨头呼唤雷霆

2011年10月28日

呼啸的石头

这些石子个个棱角分明　蓄势待发
他们有着火焰的内心

他们渴望燃烧　渴望厮杀
如果你停下脚步

你会听到他们的尖叫
如果你忽视这些尖叫

快步踏过去　或者试图阻止他们
你就会　被一声尖叫咬伤

2011 年 11 月 16 日

友　谊

那梅在旷野上　吐故纳新　点燃一片红
一片片雪花翩翩自穹宇　仿佛伴舞的仙子
这是人间舞台　演绎的绝唱

一匹马以雷霆之势
掠过雪原　书写大地诗行

回眸　一匹马抱紧一朵梅
你必须倾听一滴泪的诉说

2011 年 12 月 15 日

辽 阔

走进这片山谷　必须屏住自己的呼吸
你的咳嗽　抵得上千军万马

在文字的国度里　你就是一只蚂蚁
不停地走　也走不到远方
其实　你已知足
走　只是一个过程
沿途的风景尽收眼底
你收获了一生的荣耀

一棵大树抖落一片金黄
迎来万物更新的葱郁
在人生的旅途中　都是过客
当你老去　你的血液
在儿女的心中升起熊熊火光

2011 年 12 月 17 日

一棵树就是一朵云

你不能否认　一棵树　就是一朵云
绿色的云朵　是刹那间的心情
一朵绿色的云　更多绿的畅想
在这个早晨　睁开了青春的眼睛
目送我骑行于上班的途中

一只鸟　在一朵云上歌吟
更多的鸟　在云海中抒情
它们扇动的羽翼拍暖了春天

2012 年 3 月 17 日

时光的瀑布

热爱一面墙上爬山虎的气势
绿色的瀑布　奔腾在春的窗台

一条壁虎　噌噌噌　越过冰河
暗示着一个季节的到来

我注意到一只蚂蚁来去匆匆　用触须温暖了同伴
一些细节在心河上攀爬　汹涌，结痂

时光的瀑布带走我们的青涩　一去不返

2012 年 3 月 20 日

八百里春天

一只鹰飞远了天空　一头鲸游开了海洋
八百里春天　宛如一件绿色的大氅
抖开了烟雨江南

蒲公英托起小黄花　一朵朵小伞飞向童年
一头水牛系上了炊烟　挽住了月亮
一声唿哨　迷失了斑鸠的归巢

江南　马头墙抱住了青草
仿佛多情的少年维特　开始了一场春天的爱情
油菜花　浩浩荡荡　一路高歌金黄的盛典

表现自由的春天　整个晌午
我留意　一只蝌蚪寻找青春的出口
滴答　滴答　屋檐下的水滴
替我说出了春天的秘密

2012 年 4 月 10 日

杂花生树

我一路歌颂　忽视了杂花生树的细节
一些比喻　被拔苗助长
像那些被蝉脱去的壳　高悬在季节的枝头
风　无休止地抽打　宛如敲击我的骨头
所有的意志被意淫

怀着小小阴谋　我臆想诗歌的立体主义
没有什么不可能　镰刀收割麦子，也收割泪水
或许是祖先的遗言　在轮回里发表新生
一只鸽子在飞翔中坠落　或者迷失
必定会在涅槃里回归

现在　务必收起你的臆测　猜疑
用超现实主义的耳朵　聆听雷霆和闪电

2012 年 4 月 13 日

空镜子

桃之夭夭

深山古刹　残垣断壁　枯树寒鸦　梅妻鹤子
我愿为一老人守着岁月的沧桑　独善其身
昔日曾经的万顷波涛归于流水　沉寂在
心底不起涟漪滚滚红尘如过眼烟云
经不起半点推敲
桃之夭夭　心灵返璞归真的偈语
千年的修行无法横渡
深深浅浅的生命　不过是尘世一粒灰尘
孰大孰小　孰重孰轻　谁能说得清
一行大雁掠过长空　无非是飞鸿留影
千年一叹　越不过沧海桑田

我坐在清风的门槛上
宛如一块山石　聆听前世来生

2012 年 5 月 23 日

我在一首诗中　翻云覆雨

陷入那张沙发
不如说　我在一本诗集中沦陷
这时阳光充足　爱情辽阔
一些青草的心思漫上山冈

和一些文字促膝
采菊　悠然南山
大隐隐于市　何必羡陶公

下午　我用一杯暧昧的茶
打发无聊的时光
浅尝辄止　大浪淘沙
我在一首诗中　翻云覆雨

2012 年 10 月 8 日

空镜子

李白的月

都是前朝的事了
那年的浊酒对月空
一个诗人掏空了月的心思
月光就黯淡了许多
为何那么多的人
揪着一两白银二两金　挤兑着诗人
一壶烈酒喝光了天下诗意

懒得理你们
李白的醉眼撩了红尘一记耳光

2012 年 10 月 13 日

一个人的舞蹈

那只蝴蝶轻盈地飞过一丛丛花树、浅唱低吟
从不留恋一枝一叶的挽留
它是快意的、也是自由的
它是简单的、它的孤傲驱散了头顶的乌云
它有时几乎没有一个同伴　那有什么关系呢
在自己的世界里翩然起舞、多么美
没有舞台　没有喝彩

足够了、一个人的舞蹈尽显光华
你看　它掠过一群嗡嗡叫
密密挤在一处的蜜蜂　轻飏远离
在语言的河流里、一个摸着石子过河的孩子
笨拙地　探视着远方的风景
从不在意路有多长　远方有多远

脚下的石子　一次次发出惊叫
——惊退了群鸦　天空无眠
足够了　一个人的山谷不缺少回音

2013 年 3 月 15 日

空镜子

我的字典里没有山河破碎

一根草在大漠上绿着
它只是守住了一抔土　就抱住了坚韧
一丝风吹过　就山河了

我只愿是哪根草　执着于一抔土的信念
就是我的山河
雨季　干旱是一场洗礼
一抔土的光芒足以坚守

脚踏　车碾是又一次涅槃
我的字典里没有山河破碎
沿着我的伊甸园一路走下去
我会走向我的城堡　做我自个儿的国王

我的山河是一根草的坚持
每一次风起　都会风吹草动
我尖锐的呼叫被岁月打磨
有野火的地方　处处是青青的绿草

我的字典里没有山河破碎
一根草沿着我的血脉疯长

2013 年 7 月 13 日

雷霆过后　我会豢养八百春天

这个冬天
我把身体里一些鲜活的，灵性的，色彩缤纷的词……
统统召集起来
然后把她们一个个驱赶进冬天的坟场
她们一个个会是最亮丽的坟墓
成为冬天的荣光
只是这些逝去的光荣与我无关
我的死亡已经诞生
那些枯瘦的枝丫是我最新鲜的母语
也是最干净的词根

我的躯壳在坟场外飘浮
也许最终会成为一节莲藕
成为哪吒再生的可能
我不要莲心　也不要风火轮　乾坤圈　火尖枪……
那些最干净的词　足够丰盈一生
雷霆过后　我会豢养八百春天　十万江湖

2013年12月9日

一个人的荷塘

需要一方宣纸布置一朵荷
需要一场寂寞盛放一片荷塘的寂静
需要一弯月辉升起大唐的意境
需要一根柳枝喂养一个人的江湖

一个人的荷塘可以走过千山万水
蛙声四起就是四面突围
接天莲叶舒卷江山情怀
思想的光芒纵横四海

一个人的荷塘　你可以失约
无边的浩荡滚滚而来

2013 年 12 月 15 日

一场雪来到春天
——献给 2014 年第一场雪

多么莽撞　一场雪来到春天
我是欢喜　还是悲哀
我宁愿相信天空制造了一场哗变
让秩序不再秩序
至于铺天盖地的雾霾大举入侵
是否也是那场阴谋的余孽　无从得知
一切皆有可能　我的耳廓阵阵雷鸣
……

一场雪来到春天
世界变了颜色　马失了蹄音

2013 年 12 月 18 日

颠　覆

一朵雪花搬动尘埃
一滴雨水掀起风暴
一个动词推搡一群名词　形容词
大海风平浪静　暗流蓄势待发
大地秩序井然　四季悄然变幻
转眼之间　最亲的人离你而去
远处的婴儿房哭庆新生

黎明在黑夜发动政变
黄昏卧薪尝胆　无尽的黑依然会卷土重来
请相信　颠覆捆绑了世界
生生不息的运动法则是自然的宿命

2014 年 2 月 9 日

一个人的稻粱谋

对于那些温暖的文字　我有足够的耐心与她们厮磨
一个词点燃了思想的火炬　一个词推波助澜
更多的词摇旗呐喊

就如一场球赛　让现场的球迷血液沸腾
情难自抑

更多时候　或许更像个饥饿者
为了一次饕餮的盛宴
把自己送进一个人的稻粱谋
只为了做一个快乐的囚徒

2014 年 8 月 12 日

一只蚂蚁搬来了琼楼玉宇

假如命运选择了渺小，就让内心足够强大
在一粒米粒面前，一只蚂蚁蠢蠢欲动
它敛聚了闪电、雷霆，或者淋漓的伤口
甚至动用了前世，来生

一只蚂蚁可以渺小，也足够强大
一粒米粒不是宿命中假想敌　只能是某种试金石
用自己的骨架称量钙质　验证光芒

一只蚂蚁用廉价的虔敬搬来了琼楼玉宇
假如命运选择了渺小，就让内心足够强大
一粟米粒照亮了一只蚂蚁的光明前程

2014 年 8 月 15 日

理想主义的花朵

在僻壤的山路　清幽的小径
如果足够留意　我们总是能够在纷乱的杂草间
发现几朵不知名小花
她们就像生活中一不留神遇上的小惊喜
让你瞬间温暖和些许感激

对于广大的生活　我们真的需要一双慧眼常住心中
在恩泽万物的大地上　生活中偶尔赋予的小温馨
我时常心存敬意　且幸福其身

2015年2月3日

空镜子

光阴宛如一条蛇
我看不见它的真身
蛇芯吐出的咝咝声在耳边
我听不见

滚滚红尘，嘈杂喧嚣
目光生起经年的雾霾
耳鼓长出岁月的苔藓

时光用旧了，我用词语修整剩下的余生
多么无奈啊！我用一面镜子卧薪尝胆

2016 年 7 月 9 日

离开微信的日子

是什么让你离开
春风是一种理由
秋天的萧瑟　何尝不是

骑上文字的骏马　只需怀揣一份谦卑
我的天堂　是一把火的召唤
炼狱之火　亲情之火　爱情之火

陷落　是一个美好的词
我愿意就此沉沦
弱水三千　只取一瓢饮
请相信　冬天的凛冽会让我复活

2016 年 9 月 3 日

傍晚，一只白鸟飞过慈湖河

如果可以，我愿意在一条河上重建我的诺亚方舟
这小小的快乐啊，也能让我的心房丰盈
河的两岸，疯长的青草
能否赶上那些疾行的脚步
那只飞鸟我叫不出它的名字
一会远，一会近
一会近，一会远
始终盘旋在我的目光中
多么像我远去的亲人
一如既往回到我的梦寐中

一会远，一会近
一会近，一会远
那只鸟终将飞离我的视线

天渐渐暗下来，升起的灯火变幻了眼前的场景
傍晚，一只白鸟飞过慈湖河
像一道白色的闪电划过我的心房

2019 年 4 月 30 日

我的可可托海

被一首歌吊打是怎样的绝境
那些花朵般的心思是否结茧

落日像不知疲倦的挣扎
依然在追赶那份渐行渐远的心动

直到那首歌再次唱响
我们这些身背悬崖的人
会在一处风景中重新出发

2021 年 6 月 26 日

我的青春依山傍水

半百平生，依然是那口古井
历经岁月的打磨，剔透晶莹
有过往的云烟，也有未尽的光荣
吞吐过日月，滋润过尘寰
井里有乾坤，袖里藏锦绣

一碗江湖，仗剑天涯
清风做伴，故乡绵长
我的青春依山傍水，一滴水中盛锋芒

2021 年 6 月 28 日

纸上青山

青山如黛，宛若少女的娥眉
心中惴惴，不如以毫笔为足，以纸笺行千里
点点铺开胸中万顷波涛

思想如骏马，山川之巍峨跃于眼前
万里疆域，不过是换一种脚程抵达
或许，不尽如人意处常十之八九
只怕曲径通幽处，别有洞天来

行至水穷处，坐看云起时
心中藏千军，帝王功业成
纸上青山不外乎另一种锦绣之美

2021 年 10 月 19 日

纸的畅想

一张白纸是不是像一位纯洁无瑕的少女呢
我愿意相信,眼前的白纸,正如少女般含苞待放
有时我像朝圣般凝视她,不敢去触碰
有时我跃跃欲试,希望我能让她生下一个冰雪聪明的小人儿

譬如现在,我想写诗了,我就想着让这张白纸受孕
赋予全部的爱和激情,让她迎合我的思想开花结果
不太顺利时,有时也会难产,半途中,不情不愿的夭折了
不过,大多数时候都会让我如愿以偿
不管是漂亮的,还是不太漂亮的
都会让我欣慰而欢喜

一张白纸的受孕,只要我热爱,珍视,呵护
我愿意相信,心有春天,满眼芳菲

2021 年 10 月 20 日

月光下的豹子

我能想象月光下，有一头豹子正伺机跃出
甚至发出的腥热气息也让人着迷
让整个夜晚充满了敬畏

有时，我感觉一头豹子更像一位哲人
有着敏锐的大脑和非凡的洞察力

如果选择出发，一定要选择和一头豹子一起
在荒原的呼吸里，你一定闻到一头豹子的吼声

2021 年 10 月 21 日

如果能转身,我要去削漂

一条小河在脑海里缓缓流淌
看不见源头,也不知道这条河流会流向哪里
一位少年,用手中的碎石削起了水漂
石子在水面上飞舞着,跳跃着,升腾着……

一串串水花把少年带向了梦幻般的远方
这么多年,我在异乡
舔舐自己的骨头,把酸甜苦辣一遍遍品尝

学会了在人世间这条大江大河中游泳
用自由泳,蛙泳,蝶泳,仰泳……
无论是顺流,还是逆流
一次次让自己生存下来

学会了隐忍,宽容,博爱。
秋已深,从青年,中年,一步步走向老年
只是,如果能转身,我还想去削漂
那是我梦想的起点,也是生命的源泉

2021 年 10 月 23 日

霜　降

朋友圈里，一位微信好友在四川黄龙把雾凇送回了江南
青要山峰顶，青女抚起七弦琴
清音徐出，颤动的琴弦飘然而下

采石矶首，谪仙人又酩酊大醉
诗句正如江水奔涌
霜花打开心扉，江东喜添盛装
红柿子举起唇语，稻花香飘两岸
诗意江南是唯一的暗香

今夜，我捂住心跳
清茶一壶，在暖意里独饮清欢

2021 年 10 月 23 日

旷野上的雪豹

这么多年,在我心灵的旷野上
一直蛰伏着一头雪豹
有时沉默,平静
有时焦躁,嘶吼

是孤独的,也是清醒的
从不轻易出行,似乎讨厌这个喧嚣的尘世
很多时候,只是懒散地梳理自己的毛发,舔舐自己的伤口
偶尔,用太阳的光芒,拂去经年的尘埃
大雪纷飞的时候,兴奋不已

在宁静的夜晚
你看,一头雪豹正扬起四蹄奔腾在茫茫雪原上

2021 年 10 月 25 日

忧 伤

当我写下忧伤,就写出了浅薄
当我写下树叶,就写出了树叶的凋零
当我闻到香气,也闻到了一棵桂花树的衰败

有些痛自知,有些忧伤永远无法说出
秋已深,一只野狐在荒原发出低沉的雷鸣

2021 年 10 月 26 日

在异乡

首先,在你的心里建一所房子
把自己安顿下来

房子里的垃圾必须清理出去
比如:苦闷,委屈,失落,挫败
及时请它们离开
然后再配置一些必需品安置你以后的生活
比如:理想,奋斗,坚忍,宽容
这些都是你赖以生存的力量和勇气

有些思念是必需的,至少可以沐浴你的心灵
让你日复一日干净清澈
有些挫折,也必不可少
这些人间的药,可以治愈你的软骨病
让你的骨头经得起风吹雨打
撑起你头顶的天空

在异乡,我们就是一群勤奋的蚂蚁
不厌其烦的搬运工
把我们的生活一天天从低处搬往高处

2021年10月29日

深　渊

相对于天空，大地布满了陷阱
猝不及防的迷乱，临池的惶恐
网中的游鱼，笼中的猛兽，都是命运的囚徒

我们在游戏中千锤百炼，成为大地的弃子
一场风是临时的过客，来也匆匆，去也匆匆
带走一片羽毛

在外太空，宇航员瞥见大西洋最后一滴眼泪
无非是地球上又一次诱惑
相对于大地，天空中飘来的都是走失的羊群

2021 年 10 月 30 日

枯荷之境

繁花落尽,依然留心灯一座
在你的目光里站成傲骨

水墨依然,丹青独领风骚
尘世喧嚣,你一退再退

抱残守缺,你只愿在星空下柳暗花明
大地从不缺灿烂,转身便是另一种妖娆

枯荷之境宛如月光下的宠爱
在人世这张留白上酣畅淋漓

从彼岸到此岸的距离,无非是用另一种眼睛看世界
激情或燃烧,不过是波德莱尔的诗意泛滥

2021 年 11 月 5 日

在慈湖河观鸟

一片芦苇荡漾着欢声，一些鸟儿把冬日鸣唱
这里，所有的萧条不是萧条，所有的哀伤不是哀伤

你看，那些喊喊喳喳的叫声早已把日子推向高昂
在慈湖河，我愿意相信生活本来的面目
一张白纸，波澜不惊
你愿意涂抹什么就是什么
心意为笔，姿态万千

草木褪去奢华，河水回归平静
当我们回到谦卑的原乡，转身就是水木清华

2021 年 11 月 11 日

一棵树

活得像一棵树多好
眼里有憨憨的地平线,还有诗意的远方
心中举着绿色的小心思
宛如绿色的火焰熊熊燃烧

那些薰衣草都是我亲密无间的战友
他们步调一致,站成军姿
喊着一二一,也喊成紫色的海

天边有什么,真的无须纠结
坚守一份真诚和执念就够了
同唱一首歌,把所有的日子嗨起来
我们是路边不败的风景

2021 年 11 月 29 日

为什么不

我看见了星辰大海
确实,这无边的金黄就是镶嵌在大地上的星辰
多么耀眼

其实,所有的美景都生长在每一个人的心田
为什么不一起出发
只要愿意,我们种下的每一份希望
都会收获属于你的星辰大海

如果去乡下,你的笑脸,他的笑脸
所有人的笑脸都会璀璨成人间的星辰大海

那么,让蛰伏于我们心中小小的蜜蜂翩翩起舞吧
我相信,在浩荡的油菜花丛
一定会酿造出属于我们每一个人的玉液琼浆

2021 年 12 月 3 日

尘嚣过后

我不避讳这三千里的江山，能否安放一座城池
我不怀疑尘嚣过后，落日有自己的归宿
我敢打赌，这滔滔不绝的江水一定有一滴是我的泪水

群山巍峨，气势磅礴
我也有独步天下的勇气和胆识
临风把盏，不醉不休

我更愿意相信，我就是那位远古来的剑客
嗒嗒的马蹄声中，留下最后的背影与绝尘
一叶扁舟缓缓驶入，总有一些蝴蝶飞不过沧海

2021 年 12 月 3 日

路过人间的狐

不要揣测，无须在意
只是路过，有点儿冒昧、唐突
有点儿小忐忑
怀着一点儿小心思，但不妨碍人间大欢喜

这里是你们的，从没有僭越的妄想
在丛山峻岭中，我们的祖辈已修炼了千年
心知肚明弱肉强食的大智慧

习惯了在灌木丛中，洞穴中谋生存
也许我们天生的习性适合了你们的风花雪月
在你们的野史里成精、成魅、成妖、成狐仙

毕竟人间的文艺了得
曾经在蒲氏的《聊斋志异》里风光无两
但这不是我们的错

路过这人间，我们昼伏夜出、小心翼翼、如履薄冰
自始至终，我们顶着一个字词如坐针毡，心生惶恐
怎么也不明白冒用一次狐的名字会让我们忏悔一生

2021 年 12 月 5 日

活　着

父母走后，我在想以后怎么活
孩子离家上大学后，我也在想咋活才算活
五十出头了，也没活明白咋活才算活
窗外的青草一茬茬绿着，一季季枯荣
慈湖河上，三两只白鹭兀自飞着弧状，盘旋着起落
那些柳树向河面伸出无数条手臂打捞着什么
河水潺潺向下游流去，平静且内敛
暮色中，月亮升起来了，把月辉铺向茫茫大地
夜深人静时，当我从一本书中抬起头来
一首诗恰巧遇见了我，似乎让我明白
把简单的生活提取出诗的光华，何尝不是一种活法

2021年12月25日

缥缈记

不管是光的折射,还是时光的扭曲
都是虚无世界里存在的幻影,也是眼睛里的光亮
这种光和亮是真实的,也是虚幻的
就像你偶尔看到的海市蜃楼,如此清晰,如此美好,如此短暂
我们如此珍惜自己的身体,打造黄金的花冠
时间不会骗人,我们在岁月的流转中掏空自己
窗外一声一声的鸟鸣,仿佛告诉我们
日子一天一天在我们手中滑过
你看到的都是流逝

2021 年 12 月 26 日

眼泪和墨镜

刻意代替自然仿佛墨镜代替眼泪

——米兰·昆德拉

形而上与形而下,有时相当默契
身体内的重和尘积压久了,不免会渗出一些不堪和无奈
不仅仅是排泄的必要,更应该是平衡的哲学诉求
平衡是个好东西,让地球始终处于进步发展的文明进程中
衰败者衰亡,新生者连绵不断地新生
那些大地上的花草植物也是,雨露均沾,欣欣向荣
昙花一现也罢,都是生命新陈代谢的过程
自然着自然,刻意着刻意
眼泪不光是身体内的雪崩,也是平衡生存的利器
墨镜不止于遮阳的需求,更能遮挡住身体内的闪电和雷鸣

2021 年 12 月 26 日

日子，就在这一天天的重复中悄然而逝

十二月，适合一个人躺在被窝里梳理时光
外面寒意正浓，慈湖河一如既往流淌着
日子，就在这一天天的重复中悄然而逝

这一生认识的人不少，能够时时记在心里的不多了
这一生爱的人不少，能够继续爱着的越来越少了
不认识的，就不用认识了
爱着的继续爱，还没开始的就不用爱了
一辈子真的很短，爱不多，剩下的留着爱自己

如果风会说话，会把我的心思捎给那个最疼我的人

2021 年 12 月 31 日

提灯的人

在人间，我们跌跌撞撞打捞自己的生活
有时会碰得鼻青脸肿
这时，就需要一盏心灯
提灯的人，会把自己的汗水、泪水熬成灯油
而心就是那根灯芯，点燃自己才能把日子一步步走宽

多么无奈啊，人生的路就是自己对自己的决战
成也萧何，败也萧何
我们是自己的灯盏，照亮自己
同时照亮身后的人

2022年1月8日

从景阳冈跑来的虎

逃过那位好汉的拳脚,一路狂奔
从大宋到中华,一只大虫从此对人间充满了敬畏

走过千山万水,江湖一片狼藉
重整旧山河,掏出内心的清白

不再与人类为敌,把赞美的词都献上
生龙活虎、虎虎生威、如虎添翼、龙腾虎跃、虎气十足……

关山万里路,拔剑起长歌
起风的日子,不如临风起舞

仅仅这些还不够
索性脱下这身虎皮挂在春天的扉页上

2022 年 1 月 19 日

空镜子

用一首诗的时间取悦你

一年又一年，就像旧衣总被新衣
替换
时光旧了，就迎来了新年
用一首诗的时间取悦你，也取悦
自己
成长的快乐比时间的流逝更值得
庆幸
北漂儿子过年成为一个问题
疫情之下，在回与不回的纠结下
难辨黑白
归家心切，平安事大
心灵鸡汤也不管用了
非常之时，新年的钟声即将敲响
异乡人，我拿什么来喂养那颗
星辰之心

2022 年 1 月 21 日

忏 悔

从今天起,做一个心无旁骛的人
读书、写字、打扫内心的庭院
在小小的心房修一座庙宇
打坐、礼佛、敲一敲每一根肋骨
是否还经得起岁月的打磨

我的身体是一个空空的容器
是否还能承载经年的回声
生活太磅礴了
在喧嚣的尘世　我一退再退

我是一个有罪的人
那些多余的杂念都是我今生的原罪
从今天起　我要掏空内心的苍凉
做一个身轻如燕的人

2022 年 1 月 23 日

情爱画廊

生如夏花

一

不语　早已胜出
八千里江山　为爱绽放
回眸　只为那一抹火红

二

纤尘不染　风雨中舞蹈
千般娇羞　只为天空唱响

三

凭栏　舒展万顷碧波
醉卧花海　依然前世来生
只为夏荷　一万匹马踏向雷霆

2011 年 11 月 28 日

初 雪

一

一只白色的大鸟从天外飞来
用自己的身体铺向大地
盖住了虫豸、蠕动的蛆及所有的浊气
舒展清澈、澄明的大地诗章
遮住了我心中的阴影和彷徨
留下青春、曙光
生长出绿绿的　嫩嫩的新芽

我知道　这是从《庄子》中飞来的鲲鹏
当阳光挥来金色的手掌
定会振翅而起　这是不可逆转的宿命
是的　心空中的温情和良知蠢蠢欲动

二

天空中　一个调皮的娃娃
不管三七二十一
拿起一张硕大的白纸　撕了个七零八落
然后　又恶作剧似的抛向大地

后果是
一座白色的宫殿诞生了

三

天宫中　一个被爱情感动的少女
哭了个稀里哗啦
白色的泪花　纷纷扬扬
飘向大地

爱情的泪花　是甜的
不信　你尝尝

2012 年 1 月 23 日

空镜子

踏春归来马蹄香

一下踩上春的腰肢
她
用莞尔的花朵数落你
用满眼的青色挤对你

四月　是邻家的小妹
用一弯浅浅的微波　打开了整个春天

2012 年 1 月 24 日

蓝月亮

一只千年狐　在天边
睁圆了蓝莹莹的眼睛
她哀怨的目光　瘆的我一阵阵心慌
情感的大厦　顷刻崩溃……

莫非我就是那位落魄的书生
在蒲松龄的《聊斋》里　无力求生
一棵槐树下　一根腰带　了结余生
却被狐女救回　私定终生
从此相欢相爱　信誓旦旦　百年偕老
只是　怎么就信了那个老道挑唆
不同类　不可通婚的鬼话
背弃恩情　逃之夭夭……

可多情的狐女不该再等千年
她异想天开　化为一瓶"蓝色妖姬"
附身于一个个美艳　高贵的女人
一心痴想等回她的负心公子

空镜子

只是　千年之后我依然落魄啊！
即使一首激情的诗　也无法俘获
携身"蓝色妖姬"的女人
此刻　我只想隐身于一棵夜草
被狐女的目光　擒回天庭
——再续前缘

2012年4月22日

阴　谋

除了你们厌恶的黑　还有伤心的抖……
　　　　　　　　　　　——瘦西鸿

打开病体　掠取天空和光芒
打开谎言　收割善良和真情
那个叫鱼的女子　用一段传说演绎了
一场迟到的爱情

一些方块字　多么美
它们用绝妙的舞步　轻而易举
占领了城池
一个王国的坍塌
是一场雨的阴谋

在语音的河流里　激情
被幻想任意拔高
冲动　宛如魔鬼的脚步　深深浅浅
迷惑于温柔的陷阱

空镜子

江山社稷　倾于妲己的狐影
千年一叹　掠不过沧海
五月　不及转身　仓皇退场
一条狐尾　惊走背影……

2013年4月2日

和一朵雪花说爱情

多久了　对一朵雪花深爱　或者迷醉
已让春天动容
我不住长江头　你也不住长江尾
有什么关系
三千里的狂想逼退雾霾

不如穿越到东晋　你是贤弟，我是梁兄
十里长亭　短亭　迎迎送送
只是倒春寒也是寒
这个春天似乎改变了太多
失望　沮丧　颓废　落魄
一样不落

雪花在阳光下飞舞
到底是谁的错
也许错的是心情　是对自然的认知
回来的路上　我被一朵雪花惦记
仅仅是我对一朵雪花叨叨了爱情

2014年2月12日

空镜子

你路过春天， 我路过你

二月不该有雪
你像一尾鱼游入我的梦境
在梦里我们告白
生下了那么多的白

大地太需要白了
我们只是想把所有的白献给世界
好让你们在一面面白上　发表爱的箴言
爱像洁白的花朵爱上了大地
爱如天使和春天一起走进人间

你路过春天　我路过你
不仅仅是路过
一粒粒雪花就是一枚枚灯盏
照亮大地的黑

2014 年 2 月 13 日

小美妇

这一刻　岁月静好　目光游离
只有一杯茶恰到好处保持了安静
溢出的温情一丝丝泛滥
暖意在一枚叶片上升起

其实　我更愿意你是采桑女子
而我只是一枚青涩的茶叶
流连于你缱绻的唇舌间
舞蹈　还是舞蹈

如果时光容许　我愿意回到楼兰
带回你

2014 年 3 月 16 日

度春风

剪一节春风下酒
天地是盛宴
那些清晨的鸣禽都是宾朋

以一场豪雨酩酊
不醉　不醉
群鸟以高飞的姿态挺我

度春风　十里　百里
有长亭　短亭
不是他乡

2014 年 3 月 19 日

油 画

翻过山脊就是油菜地
那是很久以前的少年印迹

隐约的山峦是记忆中
灯笼照亮的前尘旧事

多像一幅油画呀
它明媚了久已的荒芜

2014 年 3 月 19 日

幸福就像木栅栏

眼前总是浮现一种场景　小桥、流水、树篱笆
一群鸡、鸭、鹅　一条狗、一只猫加入
只为一位扎蓝色花头巾的农妇

温情的小院　一排木栅栏
而我只想做那个山中伐柴的樵夫
踏进小院饮尽一瓢水的满足

幸福就如木栅栏　围上满满的丰盈

2014 年 3 月 20 日

和一只蝴蝶亲密接触

一枚泪水滴到胸前
英台　你来了
一座孤坟里埋着我的前世
你看到的　无非是花开花落　草长莺飞
又是几岁枯荣
那只寒鸦啼叫一声　又迎来了几度春秋
千万不要提长亭　短亭　十八相送

那一季　泪水已过万重山　不提也罢
英台　这一季我们只说流水　春天的故事
一曲难诉相思　往后余生

不管你在与不在　梦里总有好姻缘
你来了　只管往前飞
你在前　我在后

2014 年 4 月 21 日

意 外

一颗流星轻易点燃了一场意外
怀抱硕果仅存的光华　向一根野草吐露了芳菲
寒风中的夜草啊　用孱弱的身子拥抱了这颗星

宝贝　我爱
无边的夜晚　一场旷世之恋熊熊燃烧
只是宿命不可避免
多情的流星啊　怎可苛求一根夜草的忠诚和唯一

春风抵达的现场　野草欣欣向荣
流星微弱的光无法前进
一次意外终究是一场倥偬
转身之际　流星黯淡的命运坠入黑暗

2014 年 4 月 22 日

别了，嘉陵江

只是一颗微不足道的石子　就阻碍了一条江的奔流
这是一条江的不幸　还是石子的不幸
似乎无足轻重了
添堵啊　添堵
一条江的怒吼　怎可忽视
一个词瞬间压垮一座山

石子啊　石子
无足轻重的石子
你的多余显而易见

你的选择无法逃避
别了　嘉陵江
添堵一条江的呼啸　罪孽深重

走吧　石子
就做一颗浪荡江湖的石子吧
啥地都可以逍遥　千万别近江

多情　添堵一条江
也不做绊脚石　一条江容纳百川

2014 年 4 月 25 日

春光辞

一

林中有浅色的梅,千年芬芳不离不弃
空气里与生俱来的光芒萦绕不绝,百转千回如梦似幻

鹿在奔跑,仿佛赶赴一场前世的相约
饮的姿态以高蹈的仪式君临天下,傲娇是另一种风景
溪中有风情,不问来路不问沧桑
四野无边,天地苍茫

狮子山下,青弋江边依然霞光万丈
天人合一,远山近水中泻一地春光
三生石上,胸中奔涌万水千山

二

从时间里剥茧,一定可以剥出春光
四十年的光阴,一次同学聚会
有多少向阳花绽放,无从知晓

空镜子

林空鹿饮溪,静下来的时光里可以听见身体里的雷鸣
我是从宋朝来的书生,着青衫,背书箧,不适时宜
不赶考,不举仕,在一首宋诗里流连忘返

敬亭山下,相看两不厌
插梅煮雪,笑傲江湖

2018 年 10 月 25 日

穿旗袍的女人

民国的风扑面而来
那些妖娆的身姿国色天香
每一步的纤纤自带光芒
哦，如水的女子在岁月里淘洗芬芳
从雨巷中走来，丁香一样的
一样的油纸伞，走过春夏秋冬
在诗人的笔尖上，熠熠生辉

桃花潭、桃花渡、踏歌古岸
浣纱的女子，在宣纸的意境里
折入民国的氤氲

2021 年 7 月 28 日

遇见一朵云

那么妙,我的眼瞳里生长出蔚蓝色的大海
那么巧,我看到大海上漂来一座棉花状的冰山
我不知道它到哪里去
只是我需要它,我想它可以带我到我想去的地方
真好,遇见了一朵云
正好满足了我脑袋里奇奇怪怪的臆想
也许,在下一个路口,我还会遇见

2021 年 10 月 18 日

银色小楼

我没有看见那幢小楼
可这并不妨碍我的想象

小时候,我在安徒生的童话里
早已经走近了那个小楼
那是我的城堡
我就是那个沉睡多年的王子

有一天,一位姑娘走近我的身旁
俯下身子深深吻了我的脸
我醒了,然后我们一起双双逃离了那个城堡
这是我的想象,只是我喜欢这样的想象

因为喜欢,我一直生活在梦里
也因此深深爱着这个人间

2021 年 10 月 22 日

飞

不如把心思放飞
迎着那些芦苇，舞动群山
而那些高飞的雁阵，一定会带着深情抵达天边
哭过，笑过，抬头，低头
不过眨眼的过程
人世间，总有一些事肝肠寸断
总有止不住的无奈百转千回

我哪里都不去了
就守在春天的路口
等你

2021 年 12 月 1 日

窗　子

一个女人的小心思
不经意间让一扇窗打开了
心房虽小，怀揣春风
花枝颤动，迟疑了那位少年的脚步
该来的总归会来，不用千年等一回

姑娘，你且涂红，描眉
心上人，已经套好马车
准备好呵护、责任，以及一生的承诺
不可救药沦陷于一个女人的爱情

2021 年 12 月 1 日

游牧时光
与歌名同题
——致爱人

心是旷野,天涯在你的泪光里
我和你共骑一匹白马驰骋在梦的草原上
流浪的心,不为江湖,不为嗒嗒的马蹄
只求一世的长亭、短亭,不老的爱情

那一季,我们蝴蝶双双飞
这一季,你是那卓文君,我就是你的司马相如
纵然寂寞,忧伤飞上无边的天空
今夜,我对酒当歌,畅饮这月光
只要你在我身旁,醉了又何妨

游牧时光,有你的地方
心灵的旷野处处是放马的牧场

2022 年 1 月 1 日

苍穹之下

空镜子

清晨　我邂逅一朵南瓜花

扑面而来的　是久违的馨香
清新　芬芳
南瓜花　乡下来的少女
素朴　纯情
陡然间　我的脚步迟疑
心海中汹涌起少年的狂潮
情不由己吟唱起李春波的《小芳》
这样的时刻　我被一朵南瓜花震撼

在菜市场　我无法想象南瓜花轻而易举
占领了时尚的餐桌
其实　南瓜花一如我乡下的母亲
敦厚　温良
蛰伏心底的思念瞬间绽放
栖居都市的游子泪光盈盈

清晨　我邂逅一朵南瓜花

2011 年 8 月 6 日

拐　杖

在乡下　母亲是父亲的拐杖
支撑着岁月的相依
那根电话线　是母亲的拐杖
不奢望天天拥有
周末的问候　足以取暖

孩子临时的拐杖　是我
唠唠叨叨总也没完
多希望早日卸任　这多余的拐杖
——让你飞翔

我的拐杖　是一首诗
日日相思　蹒跚前行

2011 年 8 月 11 日

焐被窝

寒夜　我要用微薄的体温
焐热你的被窝
巴掌大的地方　也要用心来升温
如果不够　就用文字来取暖
夜深了　孩子
你就用学习来取暖吧
学好了　就来
爸爸会把暖暖的被窝给你
看你　甜甜地睡去

2012年2月9日

油菜花

不喜梨花　桃花　偏爱油菜花
一路金黄　高过皇天厚土
抵达远去的亲人
譬如　90 岁的父亲
睡在黄土下面　高过我的诗歌
我琐碎的写作　无法企及

油菜花　一直黄下去
在四月的清明　泪雨滂沱

2012 年 4 月 9 日

生 日

今年的生日　父亲没了
宛若沦陷的大地
一半是火焰　一半是海水

乳名　迷失的孩子
跌倒在母亲怀里
泣呼　父亲在哪里

山风呼啸　拂动毛发
仿佛父亲呼唤我的乳名

2012 年 4 月 13 日

戏　言

一只离家出走的猫
在父亲走后　悄然返回

母亲说　那是父亲怕她孤独
让它回来　陪伴她的一日三餐

一句戏言　宛如一根针
扎在心口上

2012 年 4 月 15 日

空镜子

菜　地

四女一子　都飞成了大雁
一畦菜地　成了母亲的心头肉
儿女们说　八十三岁的人了
就别侍弄了

可谁知——
那畦菜地　是最青色的孩子
默默相守　母亲的午夜晨昏……

2012 年 4 月 21 日

一盏煤油灯

那盏煤油灯像老去的亲人
蹲在角落里　一脸的悚惶
茫然的目光　仿佛我夭折的少年
有太多的不甘

在乡下　我常常面对一盏煤油灯
打扫蒙尘的灵魂
一如对着祖先的坟茔
清理在尘世上　落下的病

2012年6月25日

空镜子

露天电影院

竹竿、长绳、幕布、小凳、长条凳
父母的宠儿骑上了男人的脖颈，小屁孩嬉闹着
这些朴素的事物，一再重现

运动场上，黑夜开始降临，四野慢合，世界缩小到一束光
一卷卷黑白胶片上，上演一个时代的缩影
好人是需要歌颂的
坏人是一眼就能认出的
荧幕上一副副脸谱，简单而直接

坐着，站着，正面，背面
一样的故事，一样的情节
一样的泪水，一样的悲欢

露天电影院，久远的小镇印象
多么像我远去的亲人，真实、温馨
潮涨潮落，不经意间，总会被心底的柔软轻轻扶起

2012 年 8 月 15 日

在父亲的墓地

这时　我突然失语
我不知道　在父亲的面前
我还能说出丢失多年的童语吗？

当我终于虚拟成几句鸟语
我似乎看见父亲伤感的背过身去

墓地的杂草　已高及我的目光
而　心中的杂草已高过我的灵魂

2012 年 8 月 25 日

父亲的骨头

这是我最后一次面对父亲
从火化炉里推出来的父亲　身形依然
躺在铁匣子里　很安静
白白的　大大小小的骨头
像一记重锤　把我的泪水砸进黑暗里

父亲不能说话了　我也是
失语的父亲和失忆的儿子　隔着阴阳两重天
父亲的身形折进灵魂
火化工把父亲的骨头压入骨灰盒
骨碎的声音　依然是父亲留给我最后的气息

我狠命地拽着　把父亲拽进我的身体
我知道此后　我已和父亲合二为一
父亲只能成为一个词　成为一生的痛
曾经坚硬的骨头越来越小　小成一朵舞动的魂魄

2012 年 12 月 20 日

在父亲最后的日子里

一直靠在那张转椅上
眼神呆滞　木讷　无天光
像极了某幅油画上的白描
触目惊心的　只是他儿子心中撕裂的风暴
刹那间　一切都暗了

父亲　不是永远的丰碑
晚年的父亲　宛如那只受惊的野猫
徒劳的　沮丧的　残喘着最后的光阴
高血压　颈椎病　小疝气　便秘　颈骨神经痛　瘙痒症
一个个都是躲在暗处的杀手　伺机夺取
这个垂垂老人的皮囊

综合性脑梗　支气管感染　隐形的枪口
2011年10月4日16时10分　合谋枪击了
泾县医院八病区六床　那个89岁的老人

天作悲　一个家庭的陷落不需要理由
末山殡仪馆　一个天国的站台
我们以泪眼目送父亲驾鹤西去

2012年12月25日

空镜子

因为一个人，爱上一座小城
——给母亲，或致L

一声鸟鸣　　让我钟情
因为一只鸟的存在　　我爱上整座森林
你的呻吟　　你的泪水　　你的无助　　让我一夜无眠

一座城堡　　开始沦陷
一座火山　　烧成灰烬
你的千指柔布满我的天空
你的流星雨击穿我的苍茫

一朵花　　一枚草叶　　满眼的生气
我爱上一树春天
因为一个人　　我爱上一座小城

2013年1月2日

纸上亲人

这些年　深爱的至亲风吹落叶　　明日黄花
三年来　我把父亲爱在纸上
用刻骨的疼痛祭奠恩重如山

几天前跌倒的母亲由姐妹照顾
我能做的无非是言语抚慰
高考的儿子让我无法远离
纠结之下　只能让她们成为纸上亲人
那些鲜活的文字都成了疗伤的良药

其实，一个个文字都是我的至爱亲人
我把你们都写成此爱绵绵无绝期

2013 年 1 月 5 日

清明路上

一滴泪水的风暴里　已经潮起潮涌
清明路上　那些赶海的人
正在还乡

一些盐开始分解　在内心潮湿
赤子的情怀是否能泅渡　先人导向的航路
千山万水　一条血脉就可以贯通
天涯海角　仅是咫尺之间

一场风裹挟千年的礼仪
只为捎来久远的钟声
远去的亲人　在那边苦等
我拎着一根骨头　赶赴血亲的回归

2013 年 1 月 6 日

身背花朵的人

闪电并不遥远　翅膀是隐形的
在语言的故乡　那些鲜活的词语一定都是飞翔

身背花朵的人　往往携带了天堂
你看　远去的亲人总在偶然的机缘里还乡

多么需要想象　身背花朵的人带来了漫天的雪花
那个夜晚　我梦见故去的父亲和我点燃了一场大雪

2014年12月5日

桃花江湖
致 D，兼赠所有的同学时光

剪一节桃花岛的枝丫，随意一插
就有了桃花山庄的妩媚
江湖不远，剑气氤氲

桃花是黄蓉妹妹另一枚剑器
光芒所指早已不是江湖险恶
你看，笑声的利器
拿住了多少男男女女的味蕾

此刻，且握紧友情的杯盏
用往昔的青涩与腼腆
佐之重聚的雀跃酿制的玉液琼浆一饮而尽
我的眼眸，朵朵桃花升腾起千万支桃色火焰

桃花江湖，别样的画屏
画里画外，点燃了久远的青春
今夜，让我们相携
枕着山庄点点桃花瓣沉沉醉去

2015 年 4 月 12 日

十里春风不如你

小巷、马头墙、石桥、小溪
再一次走在这些古朴的事物里
我的眼中噙满了泪花

三月，一个适合思念的季节
淅淅细雨也像那位青涩的少年
如泣如歌抒情着
山野、小径、一些小山雀的叫声
仿佛少年时的玩伴簇拥在你的周围

别样的温馨，别样的情怀
一望无际的油菜花，满满的金黄火焰
瞬间点亮了心中久已积满尘埃的灯盏

十里春风不如你哟
熟悉的故乡，弥漫的氤氲里
泅渡着远去的时光……

2015 年 4 月 13 日

空镜子

仅仅有爱是不够的

雨,高一声、低一声唱着
向人世倾诉着自己的爱情
她美好的心意一览无余

你看,山川、草原、荒野、大漠
都在她的怀抱里感受着她的激情
她似乎永远陶醉在自己伟大的博爱里
广漠的大地,小草、鲜花、牲畜
所有的生灵都在她的眼睛里闪亮着

只是,这个夏天,我无法预见看到了倒塌的房屋
溃败的道路、走失的秩序,以及离散的亲人

2016 年 7 月 12 日

远方之远

一把伞的距离有多远
辽阔的想象　一泻千里
从少年到中年　三十年光阴
仅仅是晨昏的更替

捧着一份同窗情，宛如一把出鞘的剑
剑锋所指，瞬间被光芒阻截
回不去的不过是悠悠岁月
轻易折返的一定是校园的气场
掐指之间，我们还有多少滥情可以挥霍

一场场大雨步步紧逼
伞下的世界足够辽阔
你看，红色的闪电已漫过心的堤岸
远方不远，海角天涯有深情的目光

2016 年 9 月 5 日

群峰之上

当语言成为呢喃,是否能气定神闲,面对你的母语
当爱需要用各种托词来搪塞
内心的骨架是否早已坍塌
当日渐衰老的父母需要你的臂膀
是否早已偏离了反哺的方向

群峰之上,月光普照万物
秩序井然,雨露均沾
人间早已换了人间
虚拟的灯盏明亮了众生的脸面
却不及永恒的朗朗月色

山河依然,人海熙熙
转身之间,父母坟头的青草早已高过头顶
只有那无边的黑夜弥漫

2021 年 11 月 6 日

用荒野的石头陪伴我入眠

五年里　我相信
父亲　你已长成荒野的石头
被风吹折的母亲
在漆黑的人间　摇摇晃晃

五年后　母亲和你一起追随几颗星子结伴西山
埋葬你们的四角山啊　苍凉覆盖了往后的日子
无眠的夜晚　我多么需要你们的骨头伴我入眠

荒野的石头　父亲母亲的灵石
儿子睁着绝望的眼睛
今晚　你们可来伴我入眠

2016 年 11 月 12 日

在父母坟前,我的灵魂无法遮掩

此刻,跪下是唯一的支撑
在父母面前,我所有骨架都是虚拟
我如一部失败之书经不起岁月的推敲

我更像一个赌徒,输光了廉耻、输良知、输亲情
我的遮羞布被扒光了,退无可退
我是我自己的审判者
父母之子,必须接受仁义礼智信的羁押

隐形的鞭子时时抽打着
在父母面前,我的灵魂无法遮掩

2016年12月8日

致我的 2016

这一年,雾霾多于蓝天
挚爱的亲人离我而去
所有的词语结了冰,无法启动
我的身体里有雷霆的喧响
多么渴望一枚种子的回应

可我还想爱,那些流失、那些春天的花朵
她们也是我相依为伴的亲人
一些好时光我要高高举起
希望点亮我今后的每一天

一些悲戚,我必须束之高阁
有时忘却也是一种怀念
与生活妥协,与命运和解
我的卑微远比伟大来的高昂

面对生命中的每一次裂崩
我必须韬光养晦,期待下一场柳暗花明
今天,我不送酒也不邀月
只把最好的钟声和最美的雪送给你

2016 年 11 月 25 日

空镜子

所有的失眠都是用来怀念的

春风不解风情，小草绿了
冬雪博爱，宽容
无涯的白覆盖了大地
我是一池春水，抽刀断水水长流

失眠是一把手术刀
只有无情决绝，才能剔除伤痛
我身体内的小兽在叫喊
只有叫喊才能让我再活一次

妈妈呀，只有失眠才能让我清澈
所有的失眠都是用来怀念的

2016 年 12 月 20 日

写给天堂的母亲

这是一块薄冰,照得见母亲的容颜
何止是一块薄冰啊,我不敢踏上去
我能感受到瞬间碎裂的悲戚

我不能欺骗自己,想象的天堂多么无奈
在几百公里外的异乡,我能望见父母坟头那根枯草
就是少年时责罚我的鞭子
"树欲静而风不止,子欲养而亲不待"

夜深人静,一碰就流血
母亲节,我不能像父母健在的儿女们那样用来歌唱
2016年8月以后,母亲节只适合思念
用心底的绝望,喊出一声雷鸣

2017年5月14日

时光电话

我愿意相信时光是一匹骏马
温馨的辰光中,您的祈福准时抵达

妈妈,您走了八个月
天堂不远,时光电话又递来了您的爱意:
"今天是你的生日……"我的眼眶已是热泪滚滚

如果我的泪水流出一条长河
妈妈,您可以乘着时光电话这叶小舟回到儿子的身边吗?

我愿意相信,时光电话是一条时空隧道
在儿子每一个生日里,您会如期回到我的身边

2017 年 5 月 18 日

立冬词

盛大的落叶金纷纷退场
转角处,雪花正在赶来的路上
小鸟收拢翅膀,把鸟巢搭建在密林更深处
河水收敛往日的锋芒,舒缓、克制,且不失优雅
芦苇把头埋得很低,白发苍苍
更像一位谦卑的智者

此时,风也带上凛冽之气
仿佛一夜之间历尽劫难的剑客
多了些庄重与内敛
冬日沉了,天空的流云
不知不觉压上头顶

更深的夜晚,痛失至亲的人
在异乡,用颤动的肩膀把背影留给了故乡

2020 年 11 月 7 日

屋顶上的海

当我抬头,那些起起伏伏的瓦片就成了大海
当雨点击打屋顶,我听到大海的呼吸和深情

那天,回到老屋,物是人非,父母已西去多年
不管多远,无论多久
每一次迟迟疑疑踏入这生长童年,少年的老屋
我都会把自己变成老屋随随便便一枚小物件
好把自己留在那里,陪伴老屋,陪伴西山坟墓里越来越苍老的老爹老妈

其实,每一次回到这里
我都把自己的心,脏,脾,胃,肝,四肢变成了屋里的小物件
多年以后,当我也老去
那些旧床、桌子、板凳、扫帚、簸箕以及陈年的灰尘
——成为了我

在异乡,当我再次抬头
仿佛听到了大海此起彼伏的咆哮

2021 年 10 月 17 日

尘埃之侧

岁月偷走了我的容颜,也偷走了我的骄傲
一粒尘埃那么小,我把自己低到尘埃里
父母已离去多年,我常常在深夜舔舐自己的骨头
我的骨头那么小,小到一粒尘埃高过我的头颅
我不能确定我是否还活在人间
其实,这么多年,我一直替父母活着
替他们延续人世间生生不息的梦想

江河汹涌,众生喧哗
长城巍峨,始皇早早为烟云
我们都是一粒尘埃的子嗣

2021 年 10 月 22 日

空镜子

空椅子

一

在老家，我看见当中学老师的父亲退休后坐在那把椅子上看书读报
父亲走后十年了，椅子一直空着
宛若一段隐喻或明或暗，如一把刀横在心上，又像父亲的一句叮嘱

在异乡，我把父亲说的玩物丧志当作一面警钟时时敲响
看书习诗，不敢懈怠
进步不大，但从不玩物

空椅子，现在更像一座纪念碑
当我面对生活的沟沟壑壑，就会低下谦卑的头颅

二

有时，一把椅子是形而上的
坐在椅子上的人走了　不再回来

那椅子空了　且活着
一直活在一个人的心里

       2021 年 11 月 27 日

空镜子

翘起的屋檐

那枚月亮越来越瘦,瘦成一缕清辉挂在翘起的屋檐上
马头墙越来越老,青瓦闪着幽幽的光
父母已离去多年,老屋更像一个无助的孩子
孤伶伶立在寒风中
每次回来给父母上坟,来也匆匆、去也匆匆
故乡已成他乡,心碎了一地

曾经那个懵懂少年去了哪里
只有屋檐下的青草记得,茂林的花砖记得
偶尔回乡的这位半百之人,依然是这片土地上的孩子

屋檐飞起来了,一直飞到一个孩子的青涩时光里

2021 年 12 月 31 日

报　纸

把一张报纸读在眼睛里，用心读，不停地读，一定会读出泪光

能把睡在西山的父亲读活

那张《文汇报》不仅有父亲的体温，也有一个懵懂少年的体温

父亲爱的是时事新闻，我爱的是每天的小说连载

那些引人入胜的故事情节，让一位少年求知若渴，点燃起心中的文学之火

在旧时光里与父亲同闻墨香，舐犊情深

在异乡，遇见一张报纸

遇见了一张报纸的前世今生

看见离去经年的父亲站在了我的面前

2022年1月2日

空镜子

流 逝

大风吹过，躺在这里的人始终没醒
太老了，年年来的那个人也躺下了
隔着几亩地，他们是父子关系
多年以后，这样的情景会再次重现
风持续刮着，仿佛要刮跑一个村庄
那个从青山岗下来的人，把自己的祖籍拎在了手上
直到被另一场山风认领

2022 年 1 月 5 日

雪泥鸿爪

空镜子

趵突泉

不留神　只那么一跃
竟跃成一眼名泉
目光的尽头　谜一样诡秘
自然的大手笔　鬼斧神工
点化一方灵秀
都说趵突泉是泉城的一只眼
这点　我信
在济南　人头涌动着一种情结
熙熙攘攘　蜂拥赴泉
品尝趵突　也品尝生活
莫不是人生的平淡太需要一种跳跃
那么　就让这眼泉水激情闹腾
一位异乡人不经意一瞥
竟让那位不善饮酒的人　对着
趵突泉（啤酒）广告　垂涎了三尺

1998年12月15日

给自驾进藏的朋友

一次孤旅颠覆了所有的谎言
哦,朋友!
进藏的路上　你成了谁的旗子
泥泞　捍卫了花朵
一场远行　足以神奇脚下的土地
经幡飞扬　热血汹涌　点燃了高原的誓言

布达拉宫　精神的圣地
宛如一位长者　收纳了你的微笑
此刻　这一切深深感染了我
我的歌声乘着翅膀向你飞去

2011 年 10 月 26 日

红海滩

当一种红呼啸着席卷你的头顶
你是欢呼　还是颤栗

当红海滩成为一处亮丽的风景
你是舞蹈　还是绝望

当你的身后放不下一小块蓝天
你是庆祝　还是祭奠

当泪水呼啦啦成为一汪红色的泪腺
你是否还有希望拯救自己

2011 年 11 月 19 日

洋船屋

从十里洋场到水墨江南
从黄浦江到凤子河
一对父子把洋火轮开进了皖南小村
无须浩荡的水域，只要一部《孝经》
就能点燃一段道光传奇
狮子山舒眉　象鼻山言欢
搀扶老母亲登上"望船石"
看　中华大孝驶向大海
一坛陈年的酒　历久弥香
醉到了江南　醉翻了旅人
纷纷赶来的文化情结哟
是否追得上母亲的足音

无须太多的托词　不要被琐事牵绊
当归乡的潮水漫上思念的堤岸
你也是母亲心中永远的"洋船屋"

2012 年 1 月 10 日

空镜子

镇江吟

一条大江流到这里
雄镇江流
镇江的子民有福了

千年江埠　在民谣中唱响传奇
深深浅浅　舒展城市新曲
"三山一渡"　四个被宠坏的孩子
闹得古城名声大震　慌得四方宾客趋之若鹜

一瓶醋走马天下
一勺醋打翻了世界的胃口
让我找不着北　如同我盲目的笔写不美镇江

2012年10月18日

金山寺

法海哪去了
白娘子赶来的滔天大浪哪去了
熙熙攘攘之间　不见前尘来世

慢下来　在佛光席卷的大地不需要奔跑
放下名利这些包袱　我们轻松上路

让一份浮躁随钟声远遁　就此禅定
走出金山寺　一缕清风相送

2012 年 10 月 18 日

西津渡

西津渡　西津渡　我是西津渡
宛如那个受委屈的孩子
呜咽着　叫唤着……

纷至沓来的游客　隔着那层玻璃
仿佛看到了自己的前世
左手黄叶　右手青枝
救生会　昭关石塔　观音洞　一眼看千年

铁柱宫　小山楼　在张祜的意境里醒来
一缕风在地下吹着　不经意吹动几度沧桑
而那位叫吴子牛的导演　只是倒叙了人世的悲欢

2012 年 10 月 18 日

焦山赋

留下最深印象的　无非是那条船
一只脚尘世　一只脚仙界
一跃就过去了　迟疑只在一瞬间

焦山3号船　一艘诺亚方舟
该放的　都放下　带着一份心境
且作逍遥游

庄严国土　迎面一道佛光
莫非　十八棍僧护送唐王到此

焦山　远眺
昔日皇家花园　今夕人间桃源

2012年10月19日

空镜子

想象北固山

不知是有意　还是无意
一天的游历　忽视了北固这个最冒险的孩子
未及探望　只得在返程中想象

北固山　你好吗
天生冒险的孩子　横枕大江
却把佛送上了峰巅

好一个"寺冠山"　佛光朗照四海
甘露寺　刘备招亲
把个"三国时代"渲染的风情万种

凿山抗倭
留下一段驱除鞑虏　抵抗外辱的传奇

2012 年 10 月 19 日

在那桃花盛开的地方

放下一些生活的辎重
在这里　我拥抱你们
美丽的心情　是一朵一朵绽放的桃花
她们轻而易举占领了我的城池

现在　我请你们用田野的厚重和博爱
——收服我尘封的角落
一朵桃花抬起粉色的脸庞
她用忧郁的目光　望见了我的前世

那个着青衣的褴褛少年
蹒跚奔走在赶考的路上

2013 年 2 月 26 日

空镜子

从一棵猫耳刺开始

从一棵猫耳刺开始　千年的秘密蛰伏心底
万山村　是否误入陶翁的桃源
李阳冰　一个不起眼的县丞
因为李白，溜进了史册

纷至沓来的行踪　撩起一帘春梦
一定惊扰了诗仙的意境
也罢　姑且移步千年黄页
我和一众俗人　挤入桃花的粉黛

油菜花用金黄的燃烧　包容了我们

2013 年 2 月 27 日

天门山赋

天门中断　楚江开了又开
三月　我从千万朵桃蕊中重新出生
只为了赶赴前世的相聚

李白已从蜀道起程
在天门山摆上了盛大的诗宴
我们滔滔楚江豪饮　无非是一场天门论剑

罢了　即使输与诗仙　也输得豪气入云端

2013 年 2 月 28 日

三月　一场桃花雨的狂欢

只愿意　怀抱一万亩桃林
护河镇　桃影迷了谁的眼瞳
即使不说话　呼吸着你的呼吸
在一场爱情里沉醉　是否能千年缱绻

三月　一场桃花雨的狂欢　一浪高过一浪
一匹马西北扬蹄　一只羊的眼波里百转千回
星星点灯　光华不及萤火的柔情

三月　一场桃花雨的狂欢是否万里飘送
寻踪长安　踏春女子挟香归来

2013 年 4 月 2 日

在昆明大观楼读孙髯翁

一地星光掀起文坛三尺浪
一粒文字的光芒越过五百里滇池
海内第一长联耸起铮铮傲骨
一生不试的坦然羞煞蝼蚁苍生

近华浦　一字千金
布衣寒士把几粒汉字煨熟饱食了天下
在大观楼　孙髯翁的雕塑和历史对白
世间多少事　度了烟尘

络绎不绝的行踪抬起大观楼
抬过时间的长河

2013 年 7 月 7 日

隧　道

只能把你想象为母体　或者是母亲的子宫
当我进入　我有重返胎儿的闲适
有时更希望只是一粒细胞
即使什么也不是　一缕空气存在着
在三千米的隧道里　自由地飘浮

是了　在红土高原上
只是一粒尘埃　把自己放低　放小
就什么也不是了　多好
当我进入黄土　我的墓碑就是大地
大地上处处是青青的绿草

2013 年 7 月 8 日

大理故事

偌大的一片内陆湖　叫作海了
洱海公园　大理烈士纪念碑
昭示了白族人民的大义
在海边一尊白族少女雕像前
我惊叹于一个民族的神奇

暮晚　月亮升起来了
明镜似的洱海　月光追赶着月光
仿佛继续演绎洱海传奇
天龙八部城乔峰还在亮剑　只是看客换了几拨
灵性的阿朱去了哪里　是否隐身在那些女游客中

大理古城　镇南王府安在
段誉的几代王孙操持着王府大事
海边那些游泳的壮汉告诉我　换了人间

2013 年 7 月 10 日

丽江古城

金沙江畔　大研镇
丽江古城宛如一块巧夺天工的美玉
八方宾客垂涎蜂拥
人浪掀起狂潮　雪山失色

无城之城　赐一个困字驰名
木府威仪倾向林林总总客栈
行为艺术不甘寂寞　纳西古乐余音日夜不绝
酒吧歌舞升平大千世界
胖金哥　胖金妹都是你我　不知今夕何年
摩梭人挤入虚拟的奢华　女儿国搁浅泸沽湖

安卧古城　行色匆匆颠倒岁月
纷至沓来的行踪颠覆一座城的颜色
而我的闯入无非做一回匆匆过客

2013 年 7 月 13 日

玉龙雪山

此时　我不想简单成雪
在海拔 5596 米的高端
我更愿意相信一条白色蛟龙在吞云吐雾
或者一条顽皮的小龙肆意吹出想象的泡泡
不管怎样　这也是一种高端的玩耍

我穿着租借来的御寒服
站在 4506 米的高处
依然袭来一丝寒凉和孤独

高处不胜寒　在苍茫的大地上
如果让自己处于精神的高端
就必须坚守一份孤独和寒冷

2013 年 7 月 15 日

茶马古道

只是被那段传奇蛊惑　就进入了拉市海
我的浅薄不容置疑　茶马古道是一本古旧的黄页
掀起每一张都是沧桑的印迹　历史的马铃声时远时近
冗长的回音里　每一声都是东巴文的拐点

瓮古客栈　掌柜恩布
不仅是逗留两晚的记忆
我的血脉里依然呼啸着一队坚毅的马帮
从丽江到西藏　茫茫丛林
茶叶　盐巴被纳西客演绎

万里马帮路　一段茶马传奇
提起缰绳　坐上马背　向西　向西
此时　只想路旁闪出那个彪悍美貌的女匪
索性就此掠入丛林

2013年7月20日

雨中横山

不说烟雨，不说云雾缭绕
五月横山，适宜长短句读白

壁立千仞，山涧可高蹈
词锋犀利，澄心寺卧虎藏龙
水是向阳的水，有水库为证

一座草亭指向不明
可遐想，可臆测，可弄假成真
剩下都——省略，怀草木之心
择草庐，种竹横山，三两鹅正好

2019 年 5 月 28 日

老　街

原则上，宋朝开埠、明清建筑、徽派街巷
无非是俯手拾掇的标签
那些浸染市井况味的烟火气
一定是老街 900 年传承的风骨
那些四方涌入的宾朋
怎么一转眼就点燃了金陵第一街的传奇

多年以后，一个误入高淳的盗贼
用一部智能手机
轻轻一点，就装走了固城湖的一抹霞光

2019 年 10 月 20 日

高淳,高淳

省略淳溪老街、国际慢城、保圣寺塔、一字街、游子山……
这些光辉的脸面
在高淳,只取固城湖一瓢水
或者干脆豢养一批横走竖爬的十月蟹
行走江湖,不问西东,不问前程

用一只菱角的努力,访贫问苦,深入人心
在白与黑之间,安身立命,苦海泅渡
粗枝大叶的人间,不过是一只蚂蚁忙忙碌碌的一瞬

2019 年 10 月 21 日

凤子河的春天

一座山,一条河
一部《孝经》的解读,让一个小村鲜活起来

洋船屋,宛如一枚爱的名片成为八百里泾川最靓的风景
群山之下,哲学之巅
谁能读懂一介草民胸藏八万里的波涛

十里洋场,千亩田畴
转身之间,黄田耸起五千年华夏史最灿烂的一章
挚子之心,绵延不绝

2020 年 10 月 27 日

石井坑

不仅仅是老家,父亲走远
这里更像一个久远的籍贯,生生的把我的血脉摁住

十月,我来了
一枝梅依然在山巅上望夫
一只羊悠闲在一面山坡上
春去秋来,石井坑就如娘亲
漂泊多久必定回来承欢

一口山泉水多么甜,仿佛乳汁给予情怀和力量
石井水库浩浩汤汤,荡气回肠
忽发奇想,一面断壁作江山
且做自己的王

2020 年 10 月 30 日

在拈花湾

"天空再大,水也能装下……"
一位女声,不经意间把一座禅意小镇拱至众生的心田
你看,芦苇荡中那叶小舟宛若一位隐者,从远古时期徐徐漂来
摇橹之间,怎个禅境了得

平平淡淡一杯茶,从从容容一壶箭
花语无声,得失亦淡然
抱残守缺,抱憾即圆满
竹篱笆蜿蜒盘旋,依然一位高僧坐禅于此,点化一方生灵

拈花广场,梵乐袅袅
三两艺人着汉服,似剑侠,似刀客
举手投足,不过前尘旧梦

眼前两只小猫对我念出禅语
罢了、罢了

2020 年 11 月 20 日

宣纸上的山水画卷

谁的泼墨,在宣纸之乡
洇染出如此壮阔的山水画卷
宝峰岩、悬天瀑布、九龙叠瀑
莫非是那位仙人的点睛之笔
泄露了活泼天机

山水之间,步步登高
凌岩寺遗址、震山书院遗迹
左道、右佛,绿波阵阵
揽壮美,好一个崎峰叠翠
喀斯特地貌,穿洞而上
恍若隔世,心底一片澄明

登顶之间,清风迎面
我看见,一根青草来到人间

2020 年 12 月 12 日

夜宿小岭

恐怕是奔着香气去的
青檀树的味道,青檀树皮足实够劲道

小岭人直接让青檀皮走上了造纸工艺的巅峰
上升到千年寿纸的高度
黄昏降临,青檀谦卑
好客的曹姓朋友,留住了我迟缓的脚步

小岭之夜,青檀木香气阵阵
宛如大海的波涛

2020 年 12 月 14 日

细读"虫二"

古意里，必有曲径通幽处
在桃花潭的一座山亭子，我望着头顶的牌匾愣了神
虫二，奇奇怪怪的题匾
一语点醒梦中人，这是风（風）月无边

山风吹来远古的情怀，也必醉翻远方到此的客人
不如觅一茅庐，竹林深处
梅妻鹤子，好不美哉
天意无须觅幽处，无边风月桃花潭

2021 年 10 月 17 日

在桃花潭谒汪伦墓

只因一人,醉了桃花潭
只因一人,名动四方
其实寻常之人扬名四海的途径很简单
万家酒店,十里桃花
一介县令轻而易举就做到了
一首送别诗,因李白的豪气名垂青史

在汪伦墓,我的羡慕多于崇敬
在桃花潭,我也想啜一口桃花潭水
不为盛名天下,只想捎带上诗仙的侠气
踏歌岸阁,煮江湖下酒
用三五汉字打造自己的诗意王城
为余生缔造一座精神殿堂

从汪伦墓拾阶而下,宛如把一生重走了一回

2021 年 10 月 17 日

月亮湾

镜子一样的水面莫非银河落下九天
那些孩子们疑是仙界玩童,把月亮湾闹成了人间乐园
这是四围青山环绕的陶渊明笔下的桃花源
此时,清纯的笑声宛如天上一个个明亮的星辰
照亮了那些年轻父母的心堂

一位清醒的路过者,提出以下忠告
如果你想画画别来月亮湾
如果你想歌舞别来月亮湾
如果你想艺术别来月亮湾
如果你带着孩子千万别来月亮湾

月亮湾,一个天然的磁场
来的人都成了铁,紧紧吸住再也走不了

2021 年 10 月 18 日

青 梅

从一首唐诗里起身,只为赶赴长兴的青梅园
一场花事的盛宴,缤纷了人间的爱情

青梅煮酒的优雅,在百寿堂有极致的呈现
不妨于俗务中抽身,接受一次青梅的爱抚
你每一次俯身都是健康养生理念的抵达

酸酸甜甜的青梅,童年的味道
两小无猜的心境,一只小鹿在心中
青梅,从诗人的意境中醒来
郎骑竹马来,绕床弄青梅

青梅,我说其实是乱颤的花枝
是否拨动了你的心弦

2022 年 1 月 11 日

后　记

十八岁那年，我一个人背着背包来到军营；二十冒头，我一个人背着背包来到这个陌生的城市，其实心里就只有两个字——茫然。父母从小就对我管教严厉，也因此造成了我自卑、懦弱的性格。生活中我寡言且内敛，在任何地方都是以行动代替话语，把身边的事做好成为我为人做事的准则。或许由于性格原因，一段时间以来文字成为我亲密无间的伙伴，遇到什么困扰和委屈，我就会拿起笔把自己的酸甜苦辣倾诉在文字里。

人生在磨砺中前行，生活让我学会了坚强和面对，而善良和爱一直陪伴在我左右。当我揣着一些生涩的文字，惴惴不安地来到马鞍山钢铁股份有限公司《江南文学》编辑部时，我遇到了一生的导师和良友郭翠华老师。她就像一位慈爱的大姐，给予了我最大的热情和鼓励。也正是由于郭老师的鼓励和奖掖，1991年我的诗歌处女作《十八岁的春天》在《江南文学》上发表。文字练习期间，也曾得到宁夏作协副主席、表舅吴淮生先生的影响和指导。生活不易，写作也是时断时续。当我成家后，由于生活的重担及照顾孩子的辛劳，文字爱好几乎放弃，写作一度停滞不前，但对文字的热爱一直深藏在心中。孩子考上大学后，一段时间内我仍是懒散有余，浑浑噩噩，蹉跎光阴。猛回首，已负当年志。近几年重新拾起文字，已凝滞涩笔，流畅不足。好在对文字的热爱依然如故，我也必当继续努力前行。

《空镜子》是我的第一本诗歌结集，收入不同时期的诗歌140首。人届中年，也算是对自己文字爱好的回顾和检阅。我将以此为契机，继续练习，让诗歌技艺日臻完善，追求思想上的深广远。写作以来，得到了马鞍山市更多师友的关心和爱护，点点滴滴铭记在心。马鞍山钢铁股份有限公司报社董镜屏老师的肯定和认可，让我坚持文字写作的信心更足。太白诗社詹正香老师、石玉坤老师、周嫦娥老师的鞭策和鼓励，让我受益多多。亦师亦友的兄弟老秋在百忙中热忱为拙著写下序言，让我感激不已。文字耕耘之路，任重道远。在文字写作的漫漫求索中，我将感恩前行。人间值得，是为记。

谨以此著献给我的父亲母亲。

2022 年 1 月 21 日